모든 산책은 너에게 가는 길

●

김민영 시집

모든 산책은 너에게 가는 길

moRan

시를 열며

———

꽃과 나무와
별과 바람, 노래,
계절과 나눈 이야기들을
여백을 빌어 한자리에
모아봅니다.

꽃에게는 흙과 햇살이,
나무에게는 바람과 새가,
소리에게는 공간과 시간이
계절에게는 새로움과
영원이 함께 해주듯
우리에게는 강물 같은,
바다 같은 당신이 있습니다.

시들이 당신의 강에
합류하여 머나먼 바다로 흐르며
고운 꿈과 희망을 노래하게 되길
두 손 모읍니다.

차
례

3부_ 모든 지금은 따끈따끈하다

4부_ 세탁기의 구원

5부_ 나무는 제 이름으로 산다

1부

/

벌써 목요일

오늘의 커피

오늘 아침,
어제보다 조금 더
세상이 아름다워 보이신다면

당신은 세상에서
가장 맛있는 커피를 마시는
사람입니다

어제를 먼저 용서한 당신,
앞으로 더 많이 사랑할
당신 마음의 온도를 높이는
뜨거운 커피가 있는
오늘 아침

약속

내가 먼저 가서
햇살에 그늘을 털고
바람에 묵은 냄새를 지우며
낮보다 더
따스하고 밝은 얼굴로
너를 기다릴게

네가 먼저 가서
나무에 기대
구름의 시를 읽고
바람의 노래 들으며
조금 늦더라도
걱정 없는 얼굴로
나를 기다려 줘

동그란 밥상과 네모난 식탁의
콜라보가 있는 저녁

단 하나의 사랑을
꿈꾸는 밥상이여,
시대를 넘어가는 자유를
꿈꾸는 식탁이여

뜨거운 저녁을 꿈꾸는
된장찌개여,
머나먼 여행을 꿈꾸는
스파게티여

성스러운 저녁의 밥상이여
사랑의 스파게티를 만나라
자유의 여행길에서 식탁이여
반가운 된장찌개를 만나라

눈물의 소금 밥상이여,
견고한 돌의 식탁이여
빛나는 광장의 선율에
함께 춤을 추어라

초대

오늘밤엔 하늘의 별들과
땅 위의 들꽃들이 강가에서
만나기로 했어요

뒤척여도 잠이 오지 않거들랑
가만히 일어나 밖으로 나가 보세요
당신이 별들에게 이야기 건넸던 곳,
당신이 꽃들에게 노래 불러 주던 곳
그 곳으로 살금살금 다가가 보세요

수많은 별들과 들꽃들이
아무런 말도 없이,
아무런 글도 없이
맑고 고운 당신을
잔치에 초대한 거니까요

아침, 침묵을 듣는 동안

침묵이 시작되자
나무들의 기지개와
꽃들의 향기가 보인다

내 곁에 있어 준
환한 너와
우리를 바라보는
동그란 시계가 보이고

아직 제대로
읽지 않은 책들이
수줍게 옆으로 다가온다

눈비를 막아 주던
지붕이 보이고
그 위로 넓디너른,
푸르디푸른 하늘이
온 가슴으로 안겨온다

새로 나타난 것은 아무 것도 없는데

나의 말과 생각들이 쉬자
새로운 세상이 열린다

지나는 바람과 풍경의
그윽한 노랫소리가 들리고
햇살에 익기 시작하는 오전 11시,
길모퉁이에서
빵 냄새가 난다

벌써 목요일

목요일,
지나온
월, 화, 수요일과
다가올
금, 토요일의 교차로

주황색 신호등에 걸려
초록색 신호등을
기다린다

푸른 가로수들의 박수와
강물의 격려로
나도 여기까지
걷고 흐른다

나를 기다리는 누군가
내가 해야 할 그 무엇
옆도 보고
뒤도 보며
다시 핸들을 잡는다

3월의 눈

이른 아침 문소리 나지 않게 조심조심
봄마중 나서는 설레는 마음이었는데
이제 곧 꽃 피리라는 예언으로
물방울들 억만 아바타가 꿈처럼 날아드네

차가운 꽃잎들이 녹아
내로, 강으로 먼 길을 흘러
영원의 바다로 간다기에
사랑
가만히 눈 위에 두 글자 손가락 글씨를 쓰네

가지마다 내려 앉은 흰 새들
햇살에 찬란한 그 날개 파닥여
초로롱, 초로롱
연두 빛 노래 부르며
겨울을 지난 가슴 속으로
사무쳐 녹아드네

요리사의 시

어서오세요
방문해 주셔서
(정중히, 약간 허리를 살짝)
고맙습니다

어떤 메뉴를 시키든
5초면 충분히 익는
첫인상을 드립니다

오늘은 냉장고에서
마이너스 22도로 얼린 추억과
유통기한이 아직 남은 용서를 주재료로

23년산 시들과
드문드문 생각나는 기억들,
반짝이는 아이디어,
시간을 섞은 요리를
준비해 보겠습니다

주문

오전 10시의
느린 강물 위에
반짝이는 아침햇살을 얹은
따뜻한 수프

오래된 벽돌과
신선한 화덕 내음이 나는
베개 같은 바게트빵

3월의
꽃샘추위와
봄눈을 섞은
레몬에이드로 할게요

물

두 손 모아 새싹 보듬고
꽃 피우는 비나리지요

짐 내려놓고 쉬게 하고
새 희망을 노래하는
옹달샘이지요

쉬듯 가는 강물이에요
모두 받는 바다이지요

하늘 품 멀리
흐르는 호수
구김 없는 구름이에요

봄눈

봄눈이 내려요
피어오르는 꽃망울 위로
천천히 숨을 고르는
빈 가지들 위로

봄
그리고
눈

새롭게 보라고,
이렇게 만나는
여기 지금
모든 것들이 축복이라고
속삭이며
내려요

1℃

동쪽으로 가는
언덕을 넘기 전
한 스무 살쯤 된
목련나무 한 그루 살고 있지요

바람에 날아간
허름한 오두막의 지붕처럼
얼마 전 그렇게 돌아가신
사과나무 과수원집 할아버지께서
할머니와 해로하며
꽃 보려고 심었었지요

아침 기온이
어제는 영상 1℃
오늘은 영상 2℃
목련꽃은 그윽한 등불을 켭니다

당신의 마음이, 말이
목련꽃처럼 피어나길 바라며
침묵과 미소로
나의 말과 마음을
1℃ 높여 봅니다

봄나물 연가
- 눈개승마를 위하여

낙엽 뒤에서
저녁놀이 지기 전
잠깐 햇살이 들이칠 때
기도하렴

꽃보다 향기롭지 않기
가지보다 단단하지 않기

하여
이제 사랑하는 이의
눈에 들으렴
이제 사랑하는 이의
손길에 놓이렴

이제 사랑에게
가벼이 다가가렴
하여 네 이름마저
부르지 않아도
담담히 잊히렴

행복

하루를 마치고 돌아와
동그란 소반에 둘러앉아
모락모락 김이 나는
된장찌개를 한 술 두 술 뜨며
환한 얼굴로 지나온 길과
만났던 사람들의 이야기를 하는 게
행복이란다

가야 할 먼 시간 앞에서
낯선 두려움을 걷어내 주고
연둣빛 설렘이 피어나게 하는
소곤소곤 우리들의 작은 이야기가
푸른 은하에 별처럼 빛나는 밤,
너의 눈에 어린 나와
나의 눈에 어린 너를
따뜻이 소중하게 바라보는 게
사랑이란다

새로운 마을

곧은길을 새로 내면서
굽은 길은 강물을 따라
잊혀 흘러갔다

검은 아스팔트 빛이
회색으로 변하고 금도 갔다
길 어깨엔 풀옷을 입은
벌레들의 행렬이 이어졌다

고요하고 느린 길이 좋아
사람들이 하나둘 들어와
계단 같은 언덕에 집을 지으며
어느새 생겨난 새로운 마을

사람들은 옷자락을 나부끼며
날아갈 듯 자전거를 타고
하품하는 고양이들은
길 너머 연둣빛 버드나무들이
새들과 유쾌한 농담을 나누며
강가를 거니는 걸 바라봤다

침묵에 앉아

허공에 희고 검고
둥글고 엷고
작거나 크거나
수없이 모습을 바꿔도
그 모두를 구름이라 하듯

맑고 탁하고
혹은 낮고 높고
눈물겹거나 두렵거나
수없이 보이지 않게 날아다녀도
그 모두를 소리라 하듯

구르는 돌이 불꽃을 튀겨
마른 풀을 태우고
맞닿는 가지들이 바람에 흔들려
전부를 태우는 들불로 번져가듯

그 얼마나
구름 그림자를 쫓으려는가
하늘과 침묵을 떠나
수없이 사라졌다 나타나려는가

봄길 위에서 쓴 편지

왜 그리도 당신은 더디게 오시던지요
따뜻한 미풍으로 온몸을
저리도록 감싸 안았다가도
산목련 꽃잎 같은 굵은 눈송이를 퍼부어댔습니다

흙들이 꽃잎을 그릴 물감으로 산화된 건,
명치끝에 돌멩이를 매달고
몇 굽이를 더 돌아서였지요

비탈에 선 나무들이 중심을 유지하려고
반대편으로 더 많은 뿌리를 뻗어가고
바람에 펄럭이는 가지들의 부싯돌 소리 들리던 밤,
햇살 찬란한 날에도 멀리 보려면
손그늘을 만들어야 함을
낡은 시집의 책장은 말해줬지요

계절을 지나온 나무들의 나이테가 감춘
외롭고 서러운 행간을 서성이다가
참으로 문득 당신의 평온한 숨소리를 들었습니다

감히 까만 숯 그을음을 찍어 용서라고 쓴 건
더 서늘하고 맑은 강물의 깊은 눈을 바라보며
겨울에서 봄으로 건너가는 길목에서였지요

4월의 아침

밤비로 불어난
시냇물의 노래가
저를 불렀습니다

지붕을 흔들던 바람도
아침노을의 자장가에 잠들고
풀꽃들이 작은 키를 바로 세우고
엷은 구름이 화장을 하는
푸른 하늘을 우러릅니다

낙엽을 지나고
갈대를 지나온 물들이
저리도 맑은 무리가 되는
비결은 무엇일까요

모르듯 피어난
꽃나무와 새들의 노래가
이 귀한 시간을
감사하게 합니다

라일락 1

오월의 푸른 숨바꼭질
나무들 뒤로 숨은 나
그대에게 보일락 말락
그대 나에게 닿을락 말락

지우개 같은 종종걸음으로
맑은 향기 따라가다 보면
우리 가난하고 어린 날의
낡은 사진 속 풍경

골목길 모퉁이 돌기 전
까치발 돋움하고 눈 맞춤하는
담장 너머 보랏빛 그대

라일락 2

온전히
그대를 그리워하며
만날 일 없다 해도 그렇게
그대를 그대 그대로 그리워하며

몇 개 정도 나이테를 가진
그대 스치는 길목 어귀쯤
한 그루 나무로 살고 싶다

담장 너머의 향기 나무처럼
그대의 손을 잡지 못하고
내음만 보내고 싶다

살다가 한 번쯤
그대 뒤돌아보게 하는
그 먹먹한 향기이고 싶다

내 오두막의 낡은 문

티베트로 가는 네가 잠시 나를 들려간다고 한다
인도를 거쳐 티베트로 들어갈 거라는
너의 메일이 왔을 때,
난 곧 사라져 갈 간이역이 되었다
하얗게 질린 5월의 자작나무 잎들이
내 눈 속에서 물비늘로 흔들렸다
오랜 동안 문 열지 않아 햇빛 무거운
염소치기의 오두막이 되었다
문을 열면 온전한 것은 오직 문뿐이고
그냥 무너져버릴 것만 같은 오두막
아주 낡은 문과 같은 내 마음이 사랑이었다고 말한다면
우리의 관계는 오두막처럼 금세 무너질지도 모른다
너는 간이역으로 내일 저녁 마중을 나오라고 한다
면허증도, 차도 없이 넌 늘 그렇게 먼 곳을 유랑했지만
이번엔 이상하게 너를 보내고 싶지 않다
티켓까지 끊어놓고 비자를 신청하려는 너를 막고 싶다,
매달려 잡고 싶다
가고 나면 영영 오지 않을까 봐
나 같은 남자는 그저
전생의 한 사람으로 덮어버릴까 봐 서럽다
풀옷을 입은 사람처럼 마음이 가난하다

늦어도 처음인 것들

내가 누군가에게 사랑한다고
처음으로 말한 적이 있었다
나에게 그 사람은 렌즈 같았다
그 사람을 통해서 세상이 보였다

아침에 눈을 뜨면
멸치가 뛰는 바다처럼 반짝이며 설렜고
길을 걸으면 어느새 콧노래를 부르고 있었다

대처럼, 솔처럼
푸르디푸른 사랑은 굽은 길처럼
꽤 오래 지속되었다
스스로 혹은 떠밀려
떠나는 시간이 오기 전까지는

멀리 있어 멀어지게 되는 일은
자연스럽게 다가왔고 쉽게 받아들였다

왜 우리가 헤어져야 하는지 알 수 없었지만
그 이유보다도 먼저 이별은 왔다

고맙다고, 미안하다고 말할 틈도 없이
덜컥거리는 기억에 대해
진정으로 사과할 기회도 없이
평행선처럼 나아가 우리는 만나지 못했다

더 늦기 전에
그 어떤 이유나 변명 없이
그 사람에게 말하고 싶다
진심으로 미안하다고
그리고 고마웠다고

자유롭고 푸르고 아는

자유롭고 싶다면
외로워라
푸르고 싶으면
겨울을 지나라
알고 싶으면
길을 만나라

진정 자유롭고 싶다면
더 외로워라
진정 푸르고 싶다면
겨울로 들어서라
진정 알고 싶다면
두려워하지 마라

그리고
다른 이를 자유롭게 하라
그리고 다른 이를 생명으로 푸르게 하라
그리고 네가 먼저 도달하여
다른 이를 안내하라

자유롭고 푸르고
침묵을 듣는
그리하여
하늘과 땅과 하나가 되라

2부

/

누구나 어느덧 강물이 된다

먼 지름길

그대가 보는 것은 몇 가지인가요
그대가 듣는 것은 몇 가지인가요
태풍을 보아요
고요를 들어요

그대가 보고 싶은 것을 넘어 보아요
그대가 듣고 싶은 것을 지나 들어요
거기에 그대가 찾는
그대가 있어요

거대한 바람 속에서
그윽한 향기를 들어요
그대가 순간과 영원을 잇는 다리에요
멀고도 가까운 길이에요

누구나 어느덧 강물이 된다

골짜기를 벗어난
너와 나의 이야기가 모여
서러운 외롬을 떨쳐 버리고
오만한 외침도 가라 앉히고
어깨를 맞댄 한 줄기 결속이 된다

모두를 구원할 것 같던 구호도
선량한 마음을 흔들던 선동도
어느덧 여울을 지나 사그러든다
얽힌 실마리도 풀 수 있다는
믿음과 기다림으로 우리 이내
따뜻한 손잡는 길동무가 된다

여명이거나 이른 아침
더없는 몰입의 어느 한낮
종교를 넘어서는 견고하고 오래된
이름 없는 예배의 저녁
쌀을 씻는 소리일까
노 젓는 소리일까
누구나 어느덧

강물의 노래를 듣는다
후회로 되풀이 되던
기억을 놓아주고
나만을 위한 상상에 머물지 않고
하나가 되어 바다로 흘러가는
어느새 우리는 강물이 된다

모든 산책은 너에게 가는 길이다 1

노란 프리지어를 들고
너를 만나러 가는 길은
'천진난만'한 향기가
걸음마다 피어난다

너에게로 가는
길가의 가로수들이
동화책 그림을 그린다
바람에 파스텔 가루가 날린다

새로운 콧노래가 흘러나와
맑은 하늘의 흰구름을 밟고
징검다리를 건너
너에게로 먼저 간다

여러 가게들의 간판과
골목길의 가로등,
천천히 가라고 손짓하는
점멸 신호등
모든 것들은 이제

너를 향해 가는 길로
따뜻이 바통을 잇는다

모든 산책은 너에게 가는 길이다 2

한 무더기 노랗게 피어오른
국화여 아름다워라
풀밭에 꽃씨 한 알
외롭게 싹터 피어오른
저 꽃 한 송이 어여뻐라

눈길 주지 않아도
손길 닿지 않아도
저의 빛깔로 물들고
향기로 마음을 움직이는 너
고마워라 꽃

한 몇 십 년 그렇게 흘러가는
세월이여 아름다워라
지구별 어느 곳으로 흘러가
제 몫을 다하며
저녁을 빛나고 있을
그 사람도 고와라

연락하지 않아도
부탁하지 않아도
그리움 그대로 사랑을 허락하고
작은 바람에
노래하게 하는 너
고마워라 님

택배

따스한
침묵으로
향기를 빚는
꽃처럼

꽃을 지나
그 향기를 전하는
바람처럼

향기 배달부

꽃을 지나가기 전
바람은 텅 빈 숨결이었어
크기나 속력과는 상관없이
모든 바람은 꽃을 스치며
향기가 되었어

꽃에게로 가기 전
바람은 빈 수레였어
꽃에게로 가기 전
바람은 맑은 처음이었어
그래서 향기가
될 수 있었어

순간의 흙들에서
영원이 싹터 오르듯
모든 꽃들은 피어
세상의 중심이 되었어
한 송이, 한 송이
모든 꽃들이 중심이 된 세상에서
변두리는, 가장자리는 없었어

꽃을 지나 저만치 가는 동안
향기는 이내 바람이 되었어
제가 받았던 것을 골고루 나눠주고
바람은 다시 빈 수레가 되었어
바람은 다시 맑은 마음이 되었어

거제도 엽서

임이여,
동백을 피우는 것은
바람의 매질이 아닌 것 같아요
첫사랑의 손가락에 끼워주던
작은 은가락지를 닮은 햇볕 같아요

그러나 바람의 매질로 단련된
저 철갑 이파리가 아니고서는
어떻게 그 붉은 화엽花葉을
안온安穩히 지켜내겠어요
세상을 향해 그 모든 향기를
다 내놓지 않고서는
어떻게 저 바람 찬 언덕 위에서
무심히도 그 망망한
세월의 바다를 바라보겠어요

저의 청춘이 색바랜 단청으로
처연한 단애 위
한 송이 꽃 같은 암자가 되어
바다를 향해 두 손을 모으겠어요
임이여

봄 바다에서

나누고 끊어
외로움에 떨고
서러움에 울던 어린 시대여

이제는 알겠지
얼마나 많은 생명들의 눈물이 모여
저 바다가 되었는지

슬픔도 착 가라앉은 조금*
희망의 크기에 따라
포옹의 인력은 작용해
저렇게 깊은 눈물도 하나의 사랑에게
오롯 쉼 없이 흘러가고 있다

귀 기울여 들어 봐
우리가 서로의 눈물을 온전히 받아
바다로 하나가 되는 새날
온 생명을 일깨우는 햇볕의 향기를

---

* 조수 간만의 차가 가장 적을 때

누구였더라

누구였더라
가장 그리운 사람이 누구였더라
아무도 모르는 외로운 길 갈 때
반딧불처럼 내 마음에
온몸 불빛으로 다가오던 사람,
그이가 누구였더라

꽃불 타오르는 봄 산,
꽃내에 젖은 계곡에서
흐르는 물 바라볼 때
타래 같은 기다림을 예까지,
온전히 지켜오게 했던 이,
그이가 누구였더라

희방사역에 가는 날

단양에서 풍기 쪽으로
죽령터널을 빠져나가면 만나는 간이역,
지금은 소백산역으로 이름이 바뀐 작은 역
하루에 단 한 번 서는 열차를 기다리러
아무도 거기에 가지 않는다
아무도 만나지 않기 위하여 거기에 간다
그리하여 한 사람 텅 빈 대합실
기억 앞에 선다

열차는 터널을
빠져나오고 들어갈 적마다
이 작은 역에게
고맙다고 경적을 울린다
단 한 번 정거했다가 떠나는 열차에
흰 구름과 풀 내음과
산새소리가 가득 실린다
그리하여 나도 그냥 곁에 있어 주어
고마운 옛사람들의 이름을 되뇐다

꽃은 아름다우나 졌다
진 꽃잎에 서러워
밤새워 뒤척인 굽은 길,
보이지 않는 수증기로
떠돌다 비로 내려
폭포가 되고 내가 되고
강이 되는 물처럼
마음의 그릇에 따라 담기는
운명을 보게 되는,
그리하여 사랑할 줄 아는 나이

마차에서의 산책

좁은 갓길에 차를 세울 수 없어
한참을 더 내려가자 너른 갓길이 나타났다
우리는 예정에 없던 어느 낯선 마을에 차를 세우고 내렸다
아내의 기미 낀 얼굴에
봄 치고는 뜨거운 햇살이 쏟아져 내렸고
나이만큼 달라붙은 검은 점들이 훤히 보였다
나는 우리가 함께 늙어가고 있다는 사실을 재확인했다
아주 오래지 않아, 아니 곧 아무렇지도 않게
우리 얼굴에는 저승꽃도 피어오를 것임을,
화이트 파운데이션으론
도대체 아무 것도 감출 수 없다는 사실을
시인하게 될 것이었다

여행을 떠나오기 전 오늘 아침,
밑단이 닳아 뜯어진 양복바지를 세탁소에 맡길 때처럼
햇볕은 점점 더 조용해졌고 바람은 수선스러웠다
내가 잠시 머뭇거리고 있는 사이
아내는 손그늘을 만들며 개울 건너편을 바라보았고
그런 아내를 채근하듯 나는 마차초등학교 정문 쪽으로
먼저 발걸음을 놓았다

이내 아내는 따라와 내 옆에 달라붙어 팔짱을 꼈다
하이힐을 신었어도 아내의 키는 첫 키스를 하던 때보다
사뭇 작아진 듯 했다
아내의 하얗고 반듯한 가마가 아래로 내려다 보였다
아이 둘을 낳고 맞벌이를 하는 동안
아내 머리카락의 윤기는 줄어들었고
그림자 속의 나의 어깨 또한 더 좁아졌다

후둑둑!
아내의 머리카락과 내 어깨 위에
목련꽃 흰백 같은 화문花紋이 쏟아져 내렸다
자갈 울퉁불퉁한 보도에 하이힐 뒤축을 놓느라
아내의 발걸음은 약간 후들거리는 듯 했다
울타리를 따라 이어진 꽃그늘 속에
낮은 바람은 다시 영원의 말을 속삭여 줄 것을 애원했다
담묵淡墨으로 번지는 지우개 자국에서도 향기가 났다
함께 살아오는 동안 아내는 직장생활 20년이 되면
연금수혜대상이 된다고 몇 번이나 손가락을 꼽았고
마침내 그날이 오면 아이들과 나는
마라톤 결승테이프를 끊은 마라토너에게 기립박수를 치듯
냉각된 그녀의 어깨 위에 따뜻한 수건을 감싸야 할 것 같았다

마차초등학교 운동장 한가운데를 흐르는 개울 위를
검은 물새 한 마리가 날아간다
물속의 얼음치들도 날쌔게 물속을 날아간다
개울은 얼음치들의 마을이었다
서로를 바라보는 얼음치 가족들의 눈은 평화롭다
신행新行 때 동해 새벽 바다를 산책할 때처럼
아직 반듯한 허리로 걸어가는
아내를 바라보고 서 있는 나는 행복하다
아파트 1층도 괜찮은 것 같다고
생각하기 시작한 어느 날부터
우리는 너른 운동장을 보면 차를 세우고
산책을 하는 버릇이 생겼다

매미

여름아, 지나가느냐 정녕 가느냐
너의 품에서 땀 흘려가며 노래하며 살아있었음은 영광이었다
가난하여 온전히 사술邪術과 순정純情을 분간할 수 있었다
토착할 수 없었으며 그래서 자유로웠고 행복했다
여름 너에게도 유랑의 외로운 나는 잠시나마 이웃이었느냐
나무들의 초록 묵언默言패들이 흔들릴 때도
수다스럽던 나는, 격론에 열정적이던 나는
너의 땅 율법律法 안에서 불온不穩하지 않았는가
나의 희망처럼 계율을 넘어선 자리에 나는 머물렀고
너의 땅 본질 또한 그러 했는가

지하에서 꿈틀거리던 내가
어느 날 갑자기 창공을 날아올랐을 때
대기는 무엇을 기다리듯 유난히 고요했고
내 갓 난 울음소리는 너 소름 돋게 했는가
나를 매장했던 권모의 망각을 가르고
다시 날아오르리라고는 생각지 못했는가
이제 내가 너의 수명만큼 동행하리라
내 날개바람이 태풍으로 돌아와
오만한 나무들의 뿌리를 뽑아내리라

실바람에 일렁이는 빈 몸뚱이는
율서律書의 한 줄 검은 행이 되리라

사의루*에서

산은 기도하는 두 손으로 소중하게 물을 받든다
물은 산기슭에 안겨 목면木棉 같은 구름을 내 날린다
구름이 가다 구봉팔문九峯八門에 걸려 흐르듯 머문다
보발寶發재를 경계로 구인사 쪽만 소나기가 내린다
관세음觀世音 꽃이 핀다
정근正勤하며 남쪽으로 강물이 흐른다

물은 장돌뱅이처럼 흘러와서
새을乙자로 그저 흐르는 듯 머문다
머무르듯 흐른다
강물은 소리 없이 늙은 석수처럼 돌을 둥글게 다듬는다
직선만이 능통이 아닐 진저,
옷고름 같던, 버들 같던 옛 곡선이 사라진 시대의
빈 거리를 황사의 바람이 불어갔다
저수貯水하던 다락논들이 사라지면서
온화하던 강물의 성정性情도 때로 바뀌었다

마땅치 않은 것은 기꺼이 물림을
두려워할 일 아니니
흘러간 것은 마땅히 기다리지 않는 저녁,

62

나무와 새들과 사람의 마을이

제자리를 지키며 한 가족처럼 어우러져

산과 강물과 오월의 바람이 화목하다

여백이 있는 사람의 손길이 곱다

마음을 쉰 한 늙은이 비로소

검은 바둑돌 하나로 화룡점정畵龍點睛하자

산림山林에서 용이 날아오른다

---

* 사의루四宜樓 : 충북 단양군 영춘면에 있는 누각

마당, 기억을 쓸던 날들

나는 엄지와 검지를 꽃게 다리처럼 들고
아주 한가한 보건진료소에 찾아갔다
가시가 박혔다는 말을 들은 의사는
점심밥을 먹을 시간이 된 듯 시계를 쳐다봤다

성급한 젊은 의사의 핀셋은
오히려 가시를 살 속으로 집어넣었다
광대뼈가 탁월한 의사는 뒷머리를 긁적였다
의사는 텅 빈 변명의 창고를 뒤지는 듯했다
나는 보건진료소를 나와
구름들이 떠가는 것을 보면서 집으로 돌아왔다

마당엔 꽃이 피며
전생을 토해내고 있었다
향수에 취한 벌레들의 잠 속으로 전생이 들어왔다
어제가 겨우 잠에서 깨어난
오전과 오후의 사이
지루한 사각형의 하품에서
하나 가득 내생이 쏟아져 나왔다

5월이 오고 있다는 기적소리처럼
침묵의 택배가 먼저 당도했다
택배를 뜯을 때 피어난 미세먼지를 비벼
수평의 심층으로 내려가는 계단을 만들었다
아주 오래 전,
참으로 오래 전
꺼내지 못했던 가시들이 박혀 있는
기억의 힘줄들이 보이기 시작했다

여름날 夏日

이름 없는 골짜기에 살아
미소의 얼굴 오래고
無名可定

누에가 뽕잎을 먹듯
귀한 책을 읽으며
一册能飽

여러 날 술 한잔하자
찾아오는 이 없어도 한가로워
無酒可樂

한 모금의 차로 여의주를 굴려
천년의 푸른 향기를 듣는다
一茶能醉

가을 꽃놀이

여름의 끝에서 나온 이의 발자국은 온통 화문이다
푸른 잉크에 젖은 양말에서 꽃무늬는 쏟아져 나와
햇빛의 배를 타고, 어린 넋을 타고 꽃에게로 간다
꽃이 되어 흔들린다, 부러지지 않는 뿌리에 안착한다

사랑을 했다고도, 그 어떤 아무것도 했다고 하지 말라
온전히 맑은 정신으로 무엇을 말하랴
길을 따라가다 보면 마음도 없거니
지나간 여름은 그저 한나절
꽃잎을 줍고 강물에 놓아주고
해가 뜨고 지는 명멸을 바라볼 수 있어 행복했을 뿐,
실로 여름은 강물을 따라 그저 흘렀다
지나간 것은 꿈만 같고
정말 꿈이었을지도 모른다는
아득한 기억의 언덕에서 날개를 젓게 된다

가을은 깊다

마른 꽃과 낙엽을 태우다가
갈퀴나 대빗자루를 지팡이 삼아
아찔하게 찾아드는 시간의 멀미를 겨우 버틴다

부음을 받고 허겁지겁 달려갈 때의 멍한 눈빛 속에
어린 풍경의 고독, 내가 과거형 3인칭 단수가 되어
서술형 어미들을 과감히 잘라내고 낭독해야 할 시어들
돌아감이, 지워짐이 팽팽히 당겼던 활시위를 내려놓으며
더욱이 여유로운 농현弄絃이길 바란다

사라짐이 우리들의 입체적이고
다방면의 상상과 꿈을 허락하는
미확인된 정체성으로 지속되길 희망한다
미지에 대한 경외가 남아 있는 설렘을 바란다
모래만이 아니라는 것을 대면하는 순간의 사막의 삭막,
시간과 사막의 길은 뽀송뽀송하지 않고 시원하지도 않다

다시 꽃이 피어날 따뜻한 햇살의 섬까지
가을에서의 거리 측정은 불가 막막,
눈의 나라로 가는 동안의 풍경화를 그리기 위해
물감을 푸는 손길은 분주하고 물들게 될 것이다

얼굴을 씻는 동안 손도 씻기듯
깊은 가을,
가을은 깊다
젖지 않고 가을의 건널 수 있는 이는 없다
깊이에 깊음을 더하는 가슴으로,
우리가 거기 홀로 내를 건너 있다

아궁이가 있는 집

아버지가 이른 새벽에 일어나
커다란 가마솥이 걸린 아궁이에
밑불을 지핀다
얼었던 어둠 언저리가 녹으며
세상이 아랫목처럼 따뜻해진다
굴뚝은 하루의 먼 출항을 알리는
아기 구름들을 낳는다

소도 사람처럼 새끼를 갖고
열 달이나 고생을 하는데
찬물을 먹이면 쓰겠느냐고
아버지는 겨울 내내
한 번도 거르지 않고
소 먹일 물을 데운다

푸른 아침이나 별이 돋는 저녁
여명에 성냥을 그어
아궁이에 불을 지피고 물을 데우는 동안
타향으로 간 형제들과
자식들의 이름을 부르며

아버지는 환한 군불에 기도를 드린다
빈 하늘을 향해
오해와 설움을 살라버리고
우리도 언젠가 한 줌 재가 됨을
일깨우는 아궁이,
아직 아궁이가 남아 있는 풍경은
그 얼마나 축복인가
사랑이라는 말보다
더 오래된 아궁이 앞에서
맑은 침묵은
그 얼마나 향기로운 언어인가

한겨울 마음 더욱 가난한 세상에
몇 개의 아궁이가
세월의 바다에 등대를 밝히고 있을까
함박눈이 내리는 날은
나도 속눈썹에 눈꽃을 피우다가
아궁이 앞에 앉아
잦아든 숯불에 얼굴을 붉히며
식구들 먹일 고구마를 굽는다

뒤돌아보며 세월이라고 말할 즈음

세월이 아니고서는
부를 수 없는 노래가 있습니다
세월이 아니고서는
빚을 수 없는 채색이 있습니다
그 세월이 아니고서는
흉내 낼 수 없는 걸음걸이가 있습니다
지순한 그 세월이 아니고서는
저는 감히 우리의 만남을
사랑이라고 말할 수 없습니다

아직도 저는 서성이는 사람이지만
사랑을 말하기엔 아직도
혼자일 때가 많은 사람이지만
그래도 저는 무슨 맹세를 지키듯
흔하게 사랑이란 말을
일상어로 쓰길 주저합니다

외로움이 아니고서는
볼 수 없는 풍경이 있습니다
마음의 분산된 눈 어두워져

어린 날 보았던 풍경이

전생처럼 아득할 때

너른 운동장 조회대 위에

홀로 앉아 별을 보며

풀벌레들과 함께 웁니다

세월의 그 먼 외길이 아니고서는

여울을 지나는

강물의 무심한 흐름이 아니고서는

그렇게 맑은 쪽빛 파안破顔의 미소로

하늘을 우러를 수가 없습니다

숲의 수많은 잎사귀들을

낮에는 햇살이 모두 간질이고

저녁이면 산들바람이 그네를 밀어줍니다

시가 오지 않는 날들

내가 시가 되어 가지도 못하고
세상이 시가 되어 오지도 못하는
분단선에 시월이 그저 저물고 있었다

그래도 가을 들어
말수를 줄인 것은 참 잘한 일이었다
그 덕에 시가 오지 않고 있다는 사실을,
내가 시에게 가고 있지 못함을
또렷이 깨달았으니

충분히 번창한 소비는
야만을 넘어섰고
이단 종파들의 설교는
대중의 눈을 가렸다
시를 생각할 수 없는 시간이
거대한 해일처럼 덮쳐왔다

누구도 죽음의 구원을 믿지 않는
비리의 거리에 비가 내릴 때
시간의 그늘 밑 하수구 아래
따뜻한 수증기를 찾는
쥐들의 도시는 화려했다

한편 모든 잎들을 떨어뜨린 나무들은
하늘을 향한 수직을 풀지 않았고
희망을 버리지 않는 자들의 지붕 위로
밤마다 수억 광년 멀리서 달려온
별빛이 쏟아졌다
'그래도'라는 혼잣말을 하며
수십억 광년 멀리서
시가 피어나고 있었다

불면의 노래

그대 오래 전
누군가에게
미안했던 일 있었는가 보다
약속을 지키지 못했던,
말하지 않고 떠나왔던
무거운 짐 아직 남아있는가 보다

그 누군가의 이름
먼 은하의 별처럼 많은 중에
고를 수도 없는 막막함에
잠이 오지 않는가 보다

그대 오랜 후
누군가에게
미안할 일일랑 만들지 말자
함부로 말하지 않고
함부로 떠나지 말고
무거운 짐 쌓지 말자

그 누군가의 나,
나의 그
얼마나 거리를 두고
빛나고 있는 것일까
꽃씨 움트는 노래가 들리는 밤
누군가도 나도
푸른 여명에 등을 기댄다

3부

/

모든 지금은 따끈따끈하다

모든 지금은 따끈따끈하다

순간이 잉태한
밀가루 반죽이 부풀어 오른다
햇살에 빛나는
뽀오얀 찐빵이
피안의 언덕이 된다

김이 모락모락 오르는
지금,
모든 지금은
갓 찌어낸 찐빵처럼
따끈따끈하다

현관에 벗어 놓은 신발은
신발코가 문을 바라보게 놓으렴
지금이 똑똑 문을 두드리면
언제든지 후다닥
꿰어 신고 나갈 수 있게

겨울

마음 밖
발소리 멎은
묵언이 길고

낮은 햇살
긴 그림자
묵향은 맑아

솔, 대와
차를 나누는
텅 빈 오후

윤회

언제 시작되었는지
거슬러 오르다가
길고 긴
하 세월의
그 여정이 서러워

눈물 한 방울
뚝 떨어지는데
매화 한 송이
툭 터지며
할!

벗

냇물이
무엇을 흉내 내지 않고
온전히 맑게
흘러가게 하는
골짜기의
언덕과 산

지금

다음이라고 말하지 않는
용기를 내야 할 이 시점
허락된 갈림길에서
무수히 일어나는 선택들

단 한 번만 열리는 개찰구에서
단 한 번만 쓸 수 있는
승차권을 끊는다

시간의 숲으로 난
유일한 길,
소리와 색과 형상을 있게 하는 비밀
대개는 환영이라고 생각하는,
속도를 자랑하는
단 한 번만 열리고
닫히는 문

다음

다음은 이내
지금이 되고
지금은 지나
지난번이 된다

지금은 언제나
쉼 없이 밀려온다
그러나 똑 같은 지금은
존재하지 않는다

지금에 대해서
제대로 알지 못하면
지난번도 다음도
모두 놓치게 된다

지금은 다음이라고
말할 수 없는 영원이며
선택할 수 없는 유일이다

집중해서 지금에 존재하느냐
흔들리며 몽상에 표류하느냐
두 개의 갈림길은
견고히 늘 존재한다

지금이 흘러가는 소리

푸른 단풍잎도
기억해 주세요

지금이 가고,
지금이 또 가고,
순간의 물방울들이
모여 흐르는

영원의 시냇물
그 노랫소리를
들어보세요

가을 저녁

나도 누군가에게 오래 되어
생각나지 않는 사람이 되어가는 저녁
일 년 중 남은 날을 헤아려 보는 저녁

생에서 반을 지난 것일까
아직 아닐까
이등변삼각형을 생각하는 저녁

도형의 균형을 위해 달려온 길
뒤돌아보니 아무도 없다

점들이 모여 선이 되고
선은 흘러 수많은 굽이굽이
만남의 집이 되었다

눈 오는 날

눈이 오려고
때 탄 목화솜처럼
꾸물대는 날

늙은 가수의
노래를 듣는다
기타도 듣는다
하세월도 듣는다

마음의 허공
창창한데
찔레꽃이 핀다
함박눈이 퍼붓는다

그 사람을
용서한다
지운다
그냥 지워진다
세한도歲寒圖
저절로 그려진다

내 마음의 세한도 歲寒圖

요 며칠 목화송이 같은 눈발 퍼붓고
오늘 아침엔 영하 이십 도까지 내려가더니
들고양이들이 빈 숲에서 나타났다
우리집 햇살 잘 들고 아늑한
현관으로 새끼를 데리고 와서는
밥 달라고 운다

지난여름 연못가에서
내가 한 움큼 잡았을 때,
어찌나 힘이 센지 손아귀를 펄쩍 빠져나간
육년 묵은 호랑무늬 참개구리
꽁꽁 얼어붙은 연못 속에서 잘 지내는지,
사람들이 주어간 도토리와 밤 때문에
다람쥐와 청설모의 겨울잠이 얕지나 않을까,
녀석들의 안부가 궁금해진다

세한연후지송백지후조歲寒然後知松柏之後凋*
천년의 계율 같은 한 줄을 수첩에 적는데

---

* 출처: 논어 자한편

잣나무 울타리에서 바람에 날린 눈이
반짝이는 보석이 되어 날갯짓 한다
새끼들을 거느린 짐승들이
모두 험난한 겨울을 잘 건넜으면 좋겠다
봄날 다시, 주먹 만한 참개구리 눈에 비친
새파란 하늘과 흰 구름을 보고 싶다

산과 마을

혼
자
간
다
산이 온다 참 힘겹다

올
라
간
다
탁 트인다 새롭다

내
려
간
다
마을이다 고맙고 따뜻하다

바람의 문체文體

무엇이
밀었다
밀린다
흔들린다
지나간다

가끔
사람 하나가
가는 모양이
이상하게도
또렷이 보인다

다르게
선명하게 보인다
그새
잊혀진다

장풍

백미白眉의
우리 사부님께서
특별히 나를 봐서
모처럼 귀한 손님 오셨다며
장풍을 보여주셨다

오 미터 건너 라이타 불이
두 번이나 꺼졌다
믿지 않는 놈 때문에
굳게 입을 다물고
한 번 더 장풍을 쏘셨다

다음날,
사부님께서 두부를 사러
오일장에 가시고 난 다음에도
저밖에 모르는 고놈은
장풍은 사기라고
못 믿겠다고,
안 믿겠다고 날을 세웠다

입동立冬

허연 억새를 보니
민초가 생각나
임진란 하고도
동학란

두런거리는
바람을 들으니
이가 몽창 빠진
늙은이 웅얼거리는
주문 같은 소리가 들려

난리 걱정 안 하고
거미줄 말고 풀칠만 하면
끼니만 때우면
고맙겠다고
그저 황공하겠다고

독도-순신을 생각하다

우리가 알고 있는
외로운 섬, 말 없는,
등 붙일 수 없는
바다 끝 첨병으로 서 있는
그 외로운 바위섬

시간을 버리고
망망한 바다를 바라보던
충정의 한 사람,
스스로에게 지지 않았던 이

바람 앞에
등불의 춤이
칼날보다 더
서슬 퍼렇다

임진년, 그 시끄러운 시대에
그는 말없이 바다를 바라보았다
다가올 세월의 길을 짚고 있었다
눈감는 그 순간까지

그는 물러서지 않았고
무례한 거짓은
그를 억누를 수 없었다
이길 수 없었다

청풍의 가을

청풍에는 가을이 오고 있었어
세월은 그렇게 잠시 호수로 머물다
큰 강물 되어
소리 없이 흘러갔어

나루에 나가 난간에 기대어
떠나는 유람선을 바라보며
그렇게 서 있다가 돌아올 때
벗나무 잎들은 낯선 빛깔
한 땀 한 땀 이른 수를 놓고
인적 없는 빈 거리에
햇살은 그 어찌나 투명하던지,
그 햇살이 만들어 내는 그림자를 볼 때
왜 그리도 많은 그리움들이
가슴을 설레게 하던지

청풍에 가면 그저
맑은 바람에 머릿결 날리며
그대를 바라보는 것만도 좋았어
묵은 잎 떨구고

제자리에 서 있는 가을은
그렇게 우주에서
모든 가슴으로 오고 있었어
꽃이 져야 열매가 맺히지
씻어주는 손도 씻기지
어두운 밤 누군가는
등불을 밝혀야
서로 부딪히지 않겠지

하루는 능숙한 화가처럼
깊은 채색을 쓰고
조금만 떠나도 단아한 길의 인도引導
한 눈 팔 수 없을 만큼의
냉혹한 생의 질서,
오랜 비의 날들이 가고
푸른 하늘과 구름이 드높고
밤엔 뭇별들이
이름 없는 은하수로 흘렀어

가을 저녁 노래

어느 한 가슴에게라도
상처를 주지 않고 살아감이
맑고 아름다운 생일 것임을
스스로에게 속삭이며
하루의 유리창을 닫는다

얼굴 없는 추억으로 상기되었던
열기를 식히는 싸늘한 바람이
문 앞에서 기다리고
실로 철든다는 것의,
사람답게 살아감의 어려움을
황금노을은 장엄하게 노래한다

향기로운 가을 숲 속,
벌레소리 길 따라
거품 없는 사람과 만나
따뜻한 차 한 잔을 나누고 싶은
이 황홀한 축복의 시간

겨울, 모든 봄의 전생

언 눈을 밟고
눈물 고드름을 달고
긴 골짜기를 따라
따가운 눈보라를 지나
감춰진 시야를 벗어나
이제 봄은 참으로 봄이다

불면의 기다림을 지나
숱한 생각을 지나
저마다의 낡은 오두막을 벗고
햇살과 부드러운 바람을 따라
참으로 새 희망이다
이날 참 맑은 봄이다

나무나 꽃이나 새나 다람쥐나
겨울을 준비하고 큰 고비를 넘듯
해마다 찾아오는 겨울도
지나가면 모두 전생이요
눈뜨면 봄날인데
새 마음이니 참다운 환생이다

4부

/

세탁기의 구원

그물을 바라보는 물고기의 눈

은빛 물고기들이
그물에 걸려 파닥인다
긴장한 올에 얽힌 채
천둥의 심장소리를 견디며
목숨을 겨우 부지하고 있다

전생에 닿지 않는
현생의 환몽 속에서
투명한 물고기의 눈이 빛난다
수초와 여울목의 놀이터가
그물 너머에서 손짓하고 있지만
물고기는 온몸으로 몸부림을 친다

밤이 깊어지기 전
저녁은 황홀하듯
죽음이 오기 전
추억의 묶음은 스쳐 지나간다
길을 가로막은 그물의 정체는 무엇인가
물고기의 눈은 두려움으로 가득하다
아주 밤이 깊기 전,

그물의 주인이 오기 전
물고기는 그물의 늙은 방심을 찾아내
행운의 수초길을 열고
멀리로 사라져야 한다

숲, 나무의 마을에서

숲길을 걸을 때 알 수 있었다
숲은 사람의 마을보다 오래된
나무들의 마을이라는 걸
한 그루 한 그루의 모든 집들이
딱따구리에게 새끼를 기르라고
공짜로 빈방을 내주고
매미에게 신나게 노래하라고
한아름 들마루를 내주고
잠자리에게 날개를 고르라고
긴 의자를 내주었다

나무들의 마을에 머물며 알 수 있었다
숲은 선생님들이 참 많은
커다란 학교라는 걸
한 그루 한 그루의 모든 선생님들이
자기 얘기를 내세우지 않고
끝까지 누군가의 이야기를
귀담아 들어주는 국어를 가르친다
시간의 강물을 따라 흘러가며
소리 없이 마음의 물감을 찾아내는
미술을 가르친다

사인암舍人巖*에서

"卓爾弗群 確乎不拔 獨立不懼 豚世無悶"*
"뛰어난 것은 무리에 비할 것이 아니며 확실하게 빼지 못한다
홀로 서도 두려운 것이 없고 세상에 은둔하여도 근심함이 없다"

사인암에 와서 저는
바위에 새겨진 시를 대하고
사인舍人을 사인思人처럼
당신을 생각했습니다

강과 나루,
그리고 계절이 바뀌면서 나는 향기
편안한 능선너머의 노을을 바라보며
달려온 부푼 가슴을
맑은 물살의 청량함으로 진정시켰습니다

뜻을 세우고 제 길을 가는 날부터 시작된
외로움이라고 흔히 말해왔었지만
탄생 그 이전부터 항존恒存해 온

---

* 충청북도 단양군 대강면 사인암리에 있는 암벽으로 단양팔경 중 제8경
* 사인암벽에 새겨진 우탁 선생의 시

외로움일지도 모른다는
막연한 의문의 문을
저는 아주 굳게 닫아 놓진 않았었습니다

오래된 나무들이 늘 그 자리에 서 있듯
저는 사람의 외로움을 부인하지 않겠습니다
외로움이 가져오는 눈부신 자유도
언제든 찾아가 악수를 나눌 수 있는 사람이 있어
아름답다고 생각을 하게 되었습니다

우리가 운명이나
그와 비슷한 이름 붙일 수 없는
그 어떤 무엇에 의해 만나고 헤어지든지 간에
제 주검을 달콤한 과즙의 술로 갈무리하는
나무들의 열매처럼
이별로 다만 멈춰서 끝내지 않고
우리는 그리움이라는
아름다운 다리를 놓을 수 있습니다

축복의 풍경과

미래의 관망觀望 속에서도
지난 사랑을 생각할 때마다
가슴이 아프더라는
당신의 진실한 고백이
제 마음 속 작게나마 생겨나려던
생채기를 지워냈습니다

우리가 너무 어리고 순수하고
조금은 경솔해서 그랬을지라도
영원한 사랑에 대해 약속을 했던 것은
잘못된 일은 아니라고 생각합니다
우리 마음은,
우리 사랑은 그 약속을 지켜나갈
힘을 갖고 있다고
우리는 굳게 믿고 있었으니까요

자기 자신을 제대로 보고,
서로의 일과 자유와 행복을 존중하게 되면서
우리는 영원한 사랑을 해약解約해야 했지만
서로가 많은 아픔의 대가를 치른 시간을 통해

더욱 성숙해졌을 것을 의심하지 않습니다
애써 부인하려던 몇 개의 끈을
놓아버리고 나니 갇혔던
제 마음도 맑은 물살에 풀려
흰 비단폭으로 굽이쳐 흘러갑니다

사인암에서 저는
사인舍人을 사인思人처럼
이별은 또 다른 이름의
사랑일지도 모른다는 생각을 했습니다
당신도 저도
처음 사랑한다고 말했던 그 마음은
늘 그 시간 그 자리에
그대로 있으리라고 생각합니다

사인암 풍경

깊은 골 물가에 작은 집 지었더니
졸졸 맑은 물소리 끊이질 않네요

젊은 날엔 그저
이름 없는 풀꽃인 줄 알았더니
하 많은 풀꽃에겐 꼭 맞는
수수하고 고운 이름이 다 있네요

막대로 늙음을 쫓을 일도 아니니
그저 냇물이 흘러가는 대로,
구름이 흘러가는 대로 맡겨 두고요

딱따구리 스님의 목탁소리 들으며
지심정례 공양
바람 스님의 풍경소리 들으며
지심정례 공양
올려요

사인암 엽서

초록보다 더 초록인
나무 그늘을 지나
사람보다 더 오래된
곤충들의 노래를 지나
저는 기약 없이 사인암에 와서
여름에서 가을로
발걸음을 내딛습니다

무엇이 되기 위한 날도
더 높게 날아오르려 한 날갯짓도
하염없이 저 청류처럼 흘러가더니
우리가 물처럼 하나였다는,
다시 언젠가는 하나일 거라는
투명한 믿음 하나
똑! 똑! 마음의 문을 두드립니다

꽃들이 흙 속에서 물감을 찾아내듯
저는 당신의 마음에서
어떤 빛깔의 꽃으로 피어났던지요
맑은 물에서도 씨앗은

저의 잎을 피워내듯
가까운 침묵 속에서
당신의 노래를 듣겠습니다

느티나무

저무는 운동장에 서 보았던 당신은 아시겠지요
밤이 오기 전 사물들이 잠시 허리를 펴고
하늘을 우러른다는 것을,
눈을 감고, 입술을 다물고
가장 그리운 이름을 부른다는 것을
낡은 의자가 기다렸던 사랑은 오지 않았고,
의자의 다리만큼 풀이 자라난
이 무성한 여름날의 저녁,
사랑해 보았던 당신은 아시겠지요
사랑에는 이유가 없다는 것을
수천 개의 작은 탬버린들이 흔들리듯
매미들이 웁니다
거친 나무옷에 스며든 땀냄새가 더욱 짙어집니다
처음에 임의 손을 잡았던 그 자리에,
임이 저의 이름을 부르던 그 자리에
나무로 환생해와 천년을 기다리고 서 있는
저 고집불통!
그이의 모습은 온통 침묵뿐입니다
뒤돌아보지 않고 외길 가는 그이는
바람과 계절, 사람과 새들과 벌레들

모든 것들을 허락하고 있습니다

다른 이의 슬픔은

타인이 쉽게 말할 것이 아니겠지요

숲

한 그루, 나무의 섬이 있었습니다
나무는 늘 혼자서 하늘을 보고
바람을 쐬고 노래를 하고
별을 보았습니다
나무의 발은 항상 흙 속에 묻혀 있었습니다
나무는 꽃에게 다가가 얘기를 하고
강물 가에서 몸을 씻고 싶었지만
한 발작도 움직일 수 없었습니다
그러던 어느 날
새가 한 마리 날아왔습니다
나무는 새가 반가웠고 고마웠습니다
나무는 새를 사랑할 수밖에 없었습니다
나무는 새에게 둥지를 틀고 함께 살자고 했습니다
그러나 새는 더 멀리 다녀보고 둥지 틀 나무를 정하겠다며
까마득히 사라져 갔습니다
천둥이 치고 비가 오는 밤,
나무는 팔을 높이 쳐들고 울부짖었습니다

어느덧 나무가 입을 닫고 산지 천년이 되었습니다
세찬 바람소리가 들려도 누군가 가지를 흔들어대도
나무는 눈을 뜨거나 등을 돌리지도 않았습니다
새를 사랑했던 기억은 조금도 남아 있지 않았습니다

숯에서 숲으로

낙산사 홍련암 뜰에서 재작년 식목일 산불의 사진을 보자
늙은 은사의 다비식에서 화력이 사그라지길 기다리고 서 있는
파계의 제자처럼 굵은 눈물이 괸다
남겨진 해당화 향기도 연기로 매워
목멘 울음이 툭 떨어진다
물처럼 맑은 법당 마룻바닥 사방 10cm 정방형의 유리창 밑으론
우주를 통째로 수장했을 해협이 뻗쳐 있다
바다를 보기 위해 허리를 굽히고 이마를 마루에 붙이면
그대로 관음을 향한 예가 된다
궁금한 것을 못 참고 눈길을 가져가는 동안
그 천진에선 홍련이 피고 연밥이 맺힌다
화마火魔가 아닌 인연이었을 것이다
백년의 복원을 기약하게 하는
분명 누군가의 다비였을 것이다
바닷가에서 접은 바짓단에 넣어가지고 온
뽀얀 모래알들이 밤색 좌복 위에 사리알처럼 떨어진다
이미 수습할 틈도 없이 정골사리에선 풀들이 돋고
문득 묵직한 나비도 풀잎에 앉아 꽃집을 짓는다
절벽에 피어난 작은 암자 아래로
직녀의 베틀질처럼 한 줄씩 파도가 밀려와 암벽에 부딪힌다

부질없는 망상에 묶인 부표를 꾸짖는
한 방의 장군죽비가 벼락소리를 내며 어깨에 부서진다
순간 억조의 물보라가 해무海霧가 되고 무지개가 뜬다
합장한 얼굴에 비치는 정결한 햇살은
마음에 들어 화문花紋을 새긴다
가벼운 숯 숲으로 야윈 딱따구리 날아간다

나무는 나무라지 않고 숲은 숨지 않는다

내가 그에게 가지 않는 동안에
그가 무엇이었는지,
어떻게 먼 하늘을 이고
숨을 부지하고 있었는지 알 바 아니었고
불빛을 찾는 나방처럼 나는 그저 온 힘을 다해
퍼덕거렸다

나는 한 줄기 뿌리도 내리지 않았음에도
나라고 계속 하찮은
보잘 것 없는 고집을 피워나갔다
가지를 뻗듯 나이와 학위와 축재에 대해
떠벌리기를 좋아했다

유래되어온 관례처럼
술을 마시는 동안 금욕에 대해 생각했다
수행의 숲에서 세속의 자유를 생각했고
시장의 거리에서 고요한 나무들을 우러렀다
아무도 없는 곳에서 짐승처럼
삼천 개의 별을 우러르고 싶었다

박명에서 여명까지
그림자 없는 시간에 숨어
시간의 속도를 재는 스톱워치를 눌러 보고
공론화 되어지지 않는 시대의 수준에 대해,
파렴치한 야만의 반복에 대해
침을 꼴깍거렸다

나를 나라고 하고 싶은 자,
모든 실뿌리들을 끊어라
뿌리 없는 나무로 서 보라
자유를 진정 찾고 싶은 자,
숨지 않는 숲으로 들어가라

봄이 사람을 본다

얼어 터진 살갗으로 겨울을 건너와
노란 순정으로 서 있는 산수유 숲에서
얼얼한 마음속 그리운 사람의 얼굴을 이 봄엔 보려나
모든 자유의 얼굴에 산풍과 해풍에 얼음 서걱이더니
근질근질 햇살에 가렵다
각질에서 나온 텃새들이 울부짖는다,
사람의 새장에 갇힌 새들 훨훨 풀어달라고
자유는 어설픈 사랑의 그,
옭매려는 정을 가여워하지 않는가
얕은 동상凍傷 봄볕에 긁적인다
그리운 사람의 이름 생각날 일 없이
머리를 긁적인다
누구에게든 세월의 길 있어 지나가는데
무엇을 제대로 보라는 것인지
그 비싼 생화를 천지에 화엄華嚴하며
봄은 사람을 아득히 받든다,
넋을 놓고 봄이 사람을 본다

제비꽃 피는 날

참 낮은 자세로 피었다
거대한 장신으로
두레박질을 하지 않았다
까치발을 뛰어오지도 않았다

흙 속 어둠이 그저
검정이 아니라는 것을
증명이라도 하듯
아주 조그만 꽃들이
투명한 스포이트로
내 맘에 보랏빛 물을 들였다
꽃빛 물을 들였다

옥수수 밀림

나무이고 싶다
세월의 파문을 몸 속 깊이 새긴,
화흔火痕을 간직한
그 나무이고 싶다
강물이 흐르고 해가 바뀌어도
누군가의 기억 속에서 펄럭이는
푸른 깃발이고 싶다
메마른 가슴으로 먼 데 하늘을 바라보다
누군가 가까이 다가오면 수줍게 고개를 돌리며
갈라져 거친 손을 내밀어
바람과 흙먼지 속에서 악수를 나누고 싶다
누구에게 힘겨워도 살아있는 날의 희망을
둥근 어깨로 기대어 조용히 속삭이고 싶다
석 스걱!
제 몸뚱이 스스로를 베는 칼날을 버리고
수많은 푸른 비늘을 지닌 물고기이고 싶다
저녁 여러 골짜기의 물들을 불러 모아
황금의 강물로 흐르는 동안,
환생의 바다에 이르는 동안
투명한 지느러미를 물결과 비벼 춤추는
물고기이고 싶다

지인이 가고

우편함에서 그의 부고를 꺼내 들고
잠시 멍하니 진공상태로 들어가
아찔한 이명을 견디며
머물 수밖에 없었던 이유는
이미 발인이 지나서가 아니었다

그가 살아있는 내내
텅 빈 놋그릇을 긁는 쇳소리로 외치던
사람의 소리를 이제는 더 못 듣겠구나 하는 절망이
폭풍처럼 시간의 분단선을 거침없이 넘어왔다
나는 휘청거리며 벽을 짚었다

그는 때때로 군중을 몰아놓고
나누어 가질 생각을 하지 않는 자체가 야만이며
그 야만은 충분히 번창했노라고 거품을 물곤 했다
그의 앞에서 모든 사람들은 21세기의 야만인으로 곤두박질쳤다
혈연의 번지수를 말할 때는 모두 외로운 이단아가 되었다

그의 유서 같은 부고를 들고 나는 부끄러웠다
그의 지나치고 과격한 성향 탓에 불이익이 돌아올까 무서워

몇 해 전부터 슬그머니 후원자의 족보에서 내 이름을 지웠다
한때 그는 내 어머니의 칼국수를 소재로 특강을 하기도 했었다
이 땅의 어머니들이 홍두깨로 밀가루 반죽을 미는 모습이
가장 거룩하다고 그래서 모든 도깨비들이 까불지 못하는 것이라는
그런 그의 괴변에 나는 히히거리며 즐거워했었다

죽은 그에게 늦게 문안을 여쭈러 가는 발걸음이 무겁다
쫓기듯 허둥지둥 조용한 오후의 문을 나선다
아파트 문 두 개의 이중 자물쇠를 잠갔다 다시 들어와
베란다에 있던 고무나무를 화장실로 옮겨 놓는다
흠뻑 미지근한 물도 양껏 적셔 준다
살얼음처럼 엷은 휴머니즘에 안도하려는 가슴이 덜컹 시리다
고무나무여,
겨울을 견디고 살아남아 새봄에 우리 다시 만나길

세탁기의 구원

좁은 욕실에 분수없이 자리를 차지하고 있는,
고장 난 세탁기에 박힌
아직 성한 나사못을 보는 순간,
가시지 않는 금속의 광택 같은
싱싱한 사랑의 기억에 목이 멘다
세월을 따라 고장 나 가는 몸속에서도
(나무에서 나이테만을 골라 빼낼 수 없듯)
정연한 나선을 그리며 박힌
휘황한 기억의 문양紋樣

누군가 구원치 않는다면 언제까지나
흉물로 머물 수밖에 없는
지독한 유기遺棄의 세탁기 앞에서
마음을 그 시절에 주고 흘러와 해체될 수 없는
추억의 나 또한 묵념을 하고 섰다
아직도 나는 너를 사랑하고 있다

욕실 문이 좁아 세탁기는 창문을 통해 들어왔었다
누구 하나 힘을 합쳐 창문 밖으로
세탁기를 내던질 수도 없는 고립,

싱크대 서랍을 열고 드라이버를 꺼낸다
십자가를 등지고 지옥에 박혀 있던 나사못들은
사함謝函을 받은 죄인처럼
꺽꺽 서러운 울음을 토해내며 뒷걸음질쳐 나온다
저돌적이고 옹골차서 울 것 같지 않던
거친 사내의 비틀거림은 원을 그리며 춤이 된다

세탁기의 측판이 떨어져 나오며 능문陵門이 열리자
오래된 무덤에서 나는 공명空冥의 냄새 속에
몇 마리의 벌레들이 빳빳하게 잘 말라 있다
제물이 된 소녀의 미라처럼 벌레들의 주검이 정결하다
어떤 틈으로 벌레들은 들어왔던 걸까
(척박한 세월을 비집고 우리가 사랑했듯)
틈은 보이지 않지만 분명 있었을 것이다
식욕 좋은 여름은 창문 바로 바깥에서
푸른 혓바닥을 날름거리고 있다

남의 집 식모살이를 하던 할머니는
한 달에 한 번 집에 와서도 식구들 빨래만 했었다
해맑은 눈물을 쏟아내며 꺽꺽 한나절

허리가 잘록한 펌프와 등이 휜 할머니는
뱃사공의 노 소리로 번갈아 울었었다
낡은 앞치마 같은 세탁기 측판을 창밖으로 내던진다
지루한 끝, 여름은 귀찮다는 듯 세탁기를 떼어 먹는다
스스로에게서 풀려난 혼이 날아가며 할미새가 운다

화문花紋

길을 걷는 동안 햇살은 얼굴에 내렸다
나와 햇살은 마음이 여유로웠지만
길을 걷는 동안 길에 대해 얘기하지 않았고
끝나지 않는 길은 재촉하지도 강요하지도 않았다
그렇게 길은 멀지 않은 것이었고
목마르거나 지루하지 않았다
아직 앙상한 가지로 눈을 감고 있는 나무들을 향해
남루한 수식어를 붙여 동정을 표하는 것은 예가 아님을
길과 햇살과 나는 알고 있었다
길모퉁이를 돌아서자
숲과 햇살이 만들어 낸 꽃무늬들이 길 위에 내렸다
이미 내려 있던 화문 속으로 우리가 들어갔다
그것은 꽃그늘이었으나 향기로웠고
고요하고 감미로웠다
가난한 그리고 지독히도 외곬이었던
아비와 스승이 가르쳐 준 지도의 길 위에서
나는 이미 세월의 선물에 닿는 끈을 잡고 있었다
물길을 따라 길은 이어졌고
세월을 따라 사랑은 다만 지지 않고
이내 감출 수 없는 뿌리의 힘으로
마음에서 혼연 일어섰다

라면

마른 껍질을 벗고
부서진 가루들이여,
차가운 물을 마시고
바람과 춤을 추며
먼길을 가고자 하는 면발들이여,
뜨거운 사랑에 빠져
가볍게 튀겨진
작은 뗏목이여

너와 함께
이 허기의 사막을
건너가려 한다
오늘의 푸른 정글을
헤쳐나가려 한다

섬과 숲

하나는 그저 한 그루 나무지만
둘은 숲이다
둘은 곧 셋이 되고 넷이 되려는
의지의 힘을 봄날처럼 갖는다
둘은 이야기 벗을 해주고
가려운 곳을 긁어주고
뭉친 응어리를 주물러 풀어준다
천년의 나무와 나무는
어떤 발걸음으로 걸어와
여기 세월의 길목에서 만났을까

섬 둘을 이어도 섬이지만
멀리 보는 시원한 시야는
이어진 섬의 선물이다
이어진 섬은 햇볕을 받는 시간이 길어진다
자전거 길이 길어진다,
마당이 넓어진다
넘어야 할 언덕이 더 나타난다
가꿔야 할 황무지가 넓어진다
쌓아야 할 성도 높아진다

그렇게 하늘이 가장 행복한 일을 주신다
이어진 섬은 세상이요, 쓰임이라

강물은 지름길로 가지 않는다
바다로 가고 하늘로 가는 한 길에서
손잡은 연리수여,
자유가 가져올 마땅한 땀과
물속 깊이 발을 담근
섬의 치열할 고립은 아름답다
별자리에서 뛰쳐나와 얼싸안은
견우와 직녀여,
새벽 숲에서 바라보는
세상은, 세상살이는
여전 눈물겹고 거룩할지라

남한강에서

평창에서 흘러온 물과
정선에서 흘러온 물이
영월 남쪽에서 만나
지어미 지아비로 만나
울며불며 박장대소하며
대명천지의 큰 만남으로
드디어 하나의 해를 바라보며
단양으로 흘러간다

그 크고 맑은 물줄기
통일이다,
그 외길이다
하나가 되어 흘러가며
나무, 풀 젖 먹이고
숲을 기르고
산과 춤춘다
멈칫 뒤돌아보지 않고 가며
온전한 통일,
한 길이 된다

가는 내내 여여하여
불혹의 계절 빛
그 물줄기에 수놓고
다정히 말한다
"임을 향한 한마음이니 사랑한다 하지"
불변의 섭리, 새벽빛
이제 새로 태어남이며
새로 저를 기름이라
옥빛 비단 물결 굽이마다
억조창생이 맑은 눈 뜬다
사람이 산다
하 많은 여울
물고기 놀이터 즐겁고

태초의 어머님 만나러 가는 고향길에
무진장 하늘 드높고
신록의 향기 짙고 깊다

5부

/

나무는 제 이름으로 산다

꽃의 조문弔問

여름의 끝에서 기어 나온 것들의 발자국은
온통 꽃무늬이다
푸른 땀에 젖은 맨발에서
꽃무늬는 쏟아져 나와
햇빛의 배를 타더니,
있고도 없을 넋을 타더니
굳어져 버린 자기에게로 든다
우리가 만들어 온 주술에 걸려
그 꽃대가 흔들린다,
부러지지 않는 뿌리를 내린다

사랑을 했다느니,
그 사랑이 깊어 바닥에 발을 딛지 못했다느니
무엇도 말하지 말라
네가 온전히 맑은 제정신으로
그 무엇을 하였더냐
길을 따라가다 보면 마음이랄 것도 없거니와
지나간 여름은 그저 한나절
꽃잎을 줍고 강물에 놓아주고
해가 뜨고 지는 명멸明滅을 바라볼 수 있어
행복했을 뿐,

실로 여름은 강물을 따라 그저 흘렀을 뿐
지나간 것은 꿈만 같고
정말 꿈일지는 이 바닥에선 아무도 모른다
야트막한 기억의 언덕에서
꽃 한 송이
바람에 흩어진다

부석, 독사과나무 숲을 지나 이르는 뱃머리

그대, 사랑의 아득한 이름 부르며
부석에 닿는 일은 능히 행복하다
안양루安養樓 아래 돌계단을 딛고 올라서는
겁劫의 성채城砦,
뜨락 끝에 서서,
뱃머리에 서서
멀리 겹겹의 커다랗고 아련한
산맥의 연잎을 홀로 대할 때,
운명의 하혈로 터지는 탄성
심청, 아, 나는 ……
마음이 쓸쓸하여 가을이 온다
배흘림기둥에선 뚝뚝
천년의 기다림이 지기 시작한다
세월의 신고辛苦에 통한 그대도
공중에 뜬 채로 눈물 흘린다
고적한 시간의 애달픈 간격은
한동안 빛바랜 단청을 손대지 않고
서두름 없이, 서투름 없이
산 대나무에 첫눈 오는 소리를 들으려 한다
독사과나무 숲의 소멸,

잿빛 진골들의 환란을 저만치 내려다보려 한다
줄 없는 거문고 바람의 탄주彈奏소리를 들으려 한다

부석사浮石寺

손을 잡지도
입을 맞추지도
몸을 섞지도 않았음에도
바다에 저를 던지는 선묘善妙의 모습이
낙조미운落照微雲에 겹친다
불佛도 법法도 아닌
사람의 사랑에 목이 멘다

방금 작은 구름 하나가
붉은 바다에 몸을 던졌고
선미船尾는 이미 산 뒤로 모습을 감췄다
돌계단을 내려와 과수원길을 걷는 동안
경행輕行하는 선승禪僧 하나를 만났을 뿐
내 몰라주는 사랑 있어 서러이 눈감을까
문득 길 위에서 뒤돌아보았다

하얀 사과꽃,
백의관음白衣觀音의 억만 아바타
여일如一 뜨거운 무명의 기도,
꽃 한 송이가 그대로 붉은 사리가 되어
가지를 휘게 하노니

손금보기

고희 잔치를 벌인지 한참인 솜틀집 사내가
두툼한 손으로 솜틀을 돌리며 정류장을 본다
그의 아흔셋 아비가 고무신을 사러 장에 가
아직 돌아오지 않고 있다
오후의 햇볕은 그저 소금을 얻으러 간 아이처럼
세상의 모든 문 앞에서 키를 쓰고 있는데
오줌에 젖어 널었던 목면木棉요가 개나리로 잘 탄다

바람의 어지러운 꽃그늘 무늬 중에
누군가의 운명과 운명이 교차하며 생긴
볼록렌즈 모양의 교집합이 보인다
숲의 숨은 그림에서 가지들이 수갑을 풀자
성큼성큼 사슴들이 걸어 나온다
외진 모퉁이 숨통 터지며
까르르 진달래가 운다

일곱 자식들 하나 오지 않는
박노인 혼자 사는 빈집 홑겹 마루가
바짝 마른기침으로 삐걱거린다
하루에 꼭 일곱 번 눈길 가는 하늘 길목에

검버섯이 팬다
찔레 덤불 우거지는 옛 성곽
덤으로 박혀 있는 돌 하나 보이지 않는다
박노인 기다림 활짝 열어 놓아도
더 낮아질 수 없는 문턱 한 번 닳지 않는다

잎사귀의 손금을 보겠다고
꽃잎들이 교차하며 볼록렌즈를 들이댄다
아무리 살펴봐도 순산順産할 나무란
한 그루도 보이지 않는다
물음표 같은 지팡이가 아비를 끌고 버스에서 내리자
낡은 솜틀집 천정 서까래에
물잠자리가 우담바라를 낳는다
꽃들의 자궁이 열리고
새 세상이 밖으로 난다, 속으로 든다

9월

하늘은 높아져 고마운 사람 생각난다
향기는 깊어져 그리운 사람 목메인다
바람에 흔들리는 가지들이 속삭인다

오래 곁에 있어 주는 일이 쉽지 않고
등 보이지 않고 함께 훌쩍이며
세월을 건너가는 게 사랑이란다

연어의 언어

어제 양양 남대천엘 다녀왔어
낙산대교와 양양대교 사이에 있는
연어 연구소에 갔었지
알래스카에서 2만km의 마라톤을 끝내고 돌아온
연어들을 보고 있자니 눈물이 핑 돌더라고
산란할 구덩이를 파느라 다 닳아 없어진
꼬리지느러미를 보니 시큰했어
200마리 중에 한 마리 정도 돌아온다지
우리는 이다음 어디로 돌아갈까
이백 번을 이만 번을 환생하는 윤회에서
가장 그리운 것에게로 돌아가려나
너를 꼭 찾아 다시 사랑하겠지
나는 이 나중에 아무에게도 말하지 않은
가장 아름다운 추억이 있는 곳으로 갈래
노을빛 고운 연어알 같은
부드럽고 견고한 언어로
세상과 사랑을 찬미할래
그렇게 지는 꽃잎으로 바람에 실려 갈래

오늘

그대

꽃처럼 피어라

별처럼 빛나라

꿈처럼 사랑하라

그리고

바람처럼 지나가라

단풍

가을이 오가는 길목에서
누군가에게 나이를 묻고 싶다
싱겁다는 말을 들어도 받아 넘기고
궁금한 것이 많은 아이의 눈빛으로
그의 나이를 물어 들은 다음 다시 묻고 싶다
그간 어떤 사랑에 물들었느냐고,
세월 지나도 색 바래지 않는 한 사람 있느냐고
그가 말 못 하고 먼 하늘을 우러르면
이번에도 물에 물 탄 듯 싱겁게 묻고 싶다
겨울이 오기 전
어떤 사랑에 빠지고 싶냐고
이제 다시 처음처럼 맹세를 한다면
고스란히 지킬 수 있겠느냐고

나무가 한아름이면 이백 년이라지만
속내에 고여 화석이 된 눈물의 문양을
무슨 수로 안다고 나이테를 헤아리랴

피움과 저묾에는 인색함이 없어도
중심으로 삼을 그리움조차 없는 빈 마음으로

나무의 손을 잡는다
이제나 겨우 모든 만남이
소중하고 고마워서 눈물이 난다고
귀띔하고 싶다
꿈결에서라도 만나고 싶은
지나간 사람 있어도
그늘 큰 나무 아래에 잠겨
한 잎이 질 때마다 소원을 말하다 보면
시간의 빛으로 강물에 젖는다

가을 초대장

아셨는지요
여름에도 낙엽이 졌다는 사실을,
나무는 당신께 심심치 않게 엽서를 보냈지요
당신이 열심히 일하고
손수건으로 땀을 닦는 잠시
잠자리는 당신 어깨 위에 빛나는
엽서를 내려놓았지요

아시는지요
하늘빛 먹고 구름 내음 서린 엽서가 오는 날
가을이 시작된다는 사실을,
빨간 우체통을 보기만 해도
왜 이렇게 가슴이 설레는 걸까요?
사랑한단 그 짧은 고백이 수줍어
그리워만 하던 마음이 길섶에
꽃으로도 피고 붉은 열매로도 익어갑니다

여름보다 더 바쁠 당신께
이 엽서를 보냅니다
차를 놓고 이슬 모여 흐르는

운계천 맑은 물을 따라오세요
앞만 보고 달리던 날들,
당신께서 보시지 못했던 나뭇잎과
그 위에 쏟아지는 햇살과 투명한 시냇물,
어깨동무한 언덕과 산을 다 품으며 오세요
바람에 고요한 가벼움만 남기고
작은 학교 운동장 한편에서
쑥부쟁이 향기를 들고
당신을 기다리겠습니다

미래로의 회귀

꿈에서도 생각했다
사랑, 고향을,
지독한 그리움의 근원에 대해
그리고 '미래로의 회귀'라는 말을 들었다

먼 길을 하염없이 가다가
문득 고향을 생각한다면
길은 이내 돌아가는 길로 바뀐다

연어가 하구를 나서
먼바다를 여행하다가
다시 자갈이 깔린 맑은 내로 돌아오듯

만들면서 나아가는 미래가 아닌
찾으면서 돌아가는 미래,
그리움의 고향으로 이르는
그 길의 시간으로서
미래는 그렇게 존재할 수도 있다

충주 장날

1

꽃샘추위도 다 지나간 식목일 오후, 로터리 광장엔 오랜 세월의 저음에 달통한 스피커가 네 박자 속에 사랑도 있고, 이별도 있고, 눈물도 있다고 절규했고 초로初老 약장수의 세련되진 않았지만 노련한 말솜씨는 이내 행인들을 끌어모았다. 한없이 부드러운 바람은 오월이 가까이 왔음을 알려 주었어도 재보궐 선거를 얼마 앞두지 않은 봄날의 시가市街는 괜스레 조용했고 약장수 쇼단의 빠른 행보가 광장의 중심을 먼저 차지했다. 몸뻬를 입고 스포츠머리를 한 건장한 차력사가 의수 같은 투박한 손을 들어 올리자 숯불에 찬물을 끼얹듯 무리는 조용해졌고 어느새 그의 맨손은 굵은 철근을 부러뜨렸다. 시골 마을로 가는 노선버스가 광장 옆 정류장에 들어올 때마다 바람잡이가 정돈시켰던 관객들의 배열은 술렁거렸다. 그럴 때마다 닳고 닳은 약장수의 구수한 넉살이 바쁜 여객旅客들의 발걸음을 붙잡아 맸다. 아니 긴 간이의자에서 엉덩이를 옴짝달싹 못하게 했다.

"버스는 조금 있다가도 또 와요, 이잉? 근디 요놈은 오늘 못 사믄 버스 지난 담에 손 흔드는 것 같으요, 이잉. 버스 지나간 담에 손 들믄 버스가 빠꾸해서 돌아오지요, 이잉?"

약장수는 관객들을 향해 불륜의 상징 같은 주름 잡힌 눈을 찡

153

끗거렸다.

"어쩌요, 내 말이 맞으믄 박수 한 번 주시쇼, 이잉?"

관객들은 연실 고개를 끄덕거리며 박수를 쳐댔다.

2

2부 쇼가 시작된 것은 약장수 낮은 마이크대 앞에 놓여 있
던 검고 커다란 나무상자의 묵중한 뚜껑이 열리면서부터였
다. 낯선 새알을 들고 가는 소년의 손길처럼 약장수의 손놀림
은 이제 속삭이는 듯한 말투와 함께 조심스러워졌다. 그렇게
750년 묵었다는 이무기의 꼬리가 드디어 끌려나오자 관객들
은 낮은 탄성을 쏟아냈다. 제법 권위 있다는 동물학계의 박사
를 거명하며 약장수는 어찌어찌하다 자신이 주인이 된 이무
기 자랑을 턱이 닳도록 장황히도 늘어놓았다. 마음 약하고, 외
롭고, 늙고 병든 촌로村老들은 허름한 주머니에서 어렵사리 지
폐를 꺼내선 환약봉지를 든 바람잡이와 눈을 맞추려 손을 흔
들어 보였다.

3

천년이 되면 승천한다는 이무기 몸뚱아리 수많은 비늘들은
싱싱한 듯 빛났지만 그 느릿한 꿈틀거림에선 비늘 틈새로 스

며들었을 먼지와도 같은 미세한 피로감이 느껴졌다. 약장수는 이무기의 먹이로 달걀 백 개를 가져오라고 명령했고

"예!"

바람잡이의 대답은 기다렸다는 듯 힘차고 명료했다.

그러나 바람잡이는 바삐 먹이를 가지러가는 양 관객들 주위를 한 바퀴 돌아왔을 뿐이다. 750년이나 된 이무기를 한 번 본 것만으로도 복을 받을 거라고 약장수가 거듭 강조를 할 때 시장골목 국밥집에서 대포를 한 잔 걸쳤을 시커먼 사내가 이무기가 우리나라 토종산이 맞느냐고 시비를 걸었다. 약장수는 당황하는 기색도 없이 저런 의심증 환자가 먹어야 하는 특효약이 바로 이 약이라며 쏘아붙였고, 염소똥 같은 환약이 든 봉지를 다시 한 번 공중에 치켜들며 거칠게 흔들어 보였다.

4

팔꿈치가 들썩일 정도로 여러 번 박수를 치며 이무기의 발톱 보기를 고대하던 관객들은 기세등등해진 햇살에 손그늘을 이마로 가져갔다. 딱 3초 밖에 볼 수 없다는 이무기의 발톱은 고된 세월의 행흔行痕이 만들어 낸 굳은 티눈으로만 보였다. 이무기의 발톱이 오므라들자 바람잡이의 눈은 날카로워졌고 무리들은 다시 한 번 탄성을 지르며 박수를 쳐야했다. 박수소리

속에 서 있는 약장수 쇼단의 모습은 정가政家로 진출하려는 지역 중견기업가의 어깨처럼 당당해 보였다. 무리들은 약장수를 위해서인지 이무기를 위해서인지도 모르고 하릴없이 박수를 쳐댔고 5미터나 된다는 이무기의 몸뚱아리 저 끝에 매달려 있을 대가리, 말없는 눈동자를 못 본 채 나는 자리를 떠야 했다. 때마침 바지 주머니에 넣어두었던 휴대폰 벨이 울렸으므로.

5

부산 사는 친구 놈이 열차를 타고 올라오는 중이라고, 거의 다 왔다고, 햇살이 하도 좋아 가만히 집에 처박혀 있을 수가 없었다고 쉼 없이 떠들어댔다. 세월의 무료함을 씻어 내는 청량한 사투리가 휴대폰에서 철철 흘러나왔다. 다리를 건너 성내천변 주차장 쪽으로 발걸음을 옮겨갔다. 분주한 사람은 시대를 따라잡기가 늘 버거운데 부동不動의 벚나무들이 피워내는 새 꽃은 매년 주저 없이 사람의 시선을 사로잡았다.

사랑이란 문자를 보내다

그날 아침
나는 뜻하지 않은 용기를 냈다
그에게 사랑한다는 문자를 보냈다
그는 내게 삼십 년 전에
아무런 바람도 없이
베풂을 줬던 사람이다

지난밤 뒤척였지만
그런대로 선잠은
피로를 풀어주었던 걸까
아침숲 나무들 새로 들이치는
눈부신 햇살이 좋았고
규정 속도로 달리며
바라보는 먼 산과 푸른 강이 고왔다

나는 낡은 악보의
라흐마니노프를 연주하는
피아니스트가 건반을 누르듯
기억의 갈피를 뒤적이며
자판을 눌렀다

소리의 춤

눈가루 휘날리는 설원을
나발을 불며 멧돼지 족속들이 달려간다
묶인 개들이 파도처럼 짖기 시작한다
산꼭대기에서 미끄럼을 타고 가속을 붙인
골짜기의 폭풍들이 문을 쳐두드린다
활엽수들이 탬버린을 흔든다
낡은 지붕을 덮은 천막과
처마 끝 풍경 속 물고기가 막춤을 춘다

빙폭氷瀑 아래 가랑잎 뒤 동굴 벽화 속으로
멧돼지 족속들이 사라진다
사람들의 늑대들이 길게 우는 저녁의 모퉁이
토종 여우가 시간의 울타리를 뛰어넘는다
조금 큰 족제비처럼 말라 있다
어둠의 밀물이 높은 내륙의 끝까지 차오른다

달과 나무들이 파리한 여우를 숨긴다
닭장 그물을 뜯기 전
여우는 단조의 건반을 눌러
세상의 모든 소리를 살금살금 잠재운다

꼬리로 발자국을 비질한다
닭의 주인은 가로등 아래서 누군가의 이름을 부른다
입김이 얼며 눈발이 날린다

하루하루를 살아내는 사람들의
바닥과 마찰하던 젖은 발걸음들이
현관 신발장 속으로 들어가
활활 납골처럼 눕는다
엘이디 형광등 아래 두서넛이
동그란 밥상을 둘러싸고 집밥을 먹으며 울컥대고 있다
국이 식는 동안 마음의 온도는
내일까지 올라간다

청동기의 숟가락을 다시 오목하게 빚고
철기의 젓가락을 내일로 늘이는 손가락들이
텅 빈 스테인리스 그릇에서 은은한 종소리를 건져 올린다
별똥이 날아와 지상의 착화석을 쳐
석유처럼 묻힌 전설의 음률에 불이 번진다
새벽은 달이 벗은 구름옷을 빨며
멈춤의 춤을 춘다

누구나 낯선 숲에서 소나기를
만날 수 있다

투명한 말을 탄 전령처럼 원시의 상류를 건너,
흔적 없는 길을 지나,
길을 지우며 된바람이 불어왔다

얇은 옷가지를 걸친 숲의 여인들은
폭음에 떨고 있었고,
대항하는 육중한 사내들의 체면도
거센 풍속에 겨운지
숨을 들이키기 위해
절규하듯 입을 벌리곤 했다

흰 피부를 드러낸 자작나무 숲에
무례한 세례가 시작되었다
뒤늦게 차양막을 치는 사내들의 몸통으로
웅덩이처럼 고여있던 물들이 순식간에 쏟아져 내리자,
사내들은 손을 들어 잠시 어쩔줄 몰라 했고,
이 우스꽝스런 모습을 본 여인들은 그 와중에도
웃음을 참기 위해 입가로 손을 가져갔다

나뭇잎과 줄기, 가지,

그렇게 수많은 식물들은
넉넉히 젖으며 흔들렸고,
사람의 마음 또한 묵은 권태를 벗어내자
상투적이지만 덧없는 세월의 후회로 흔들렸다

다만 땅으로 밀착한 물길만이 온전히
순간의 뿌리를 내리며 동시에 내달렸다
더 낮은 자리로, 그러한 승천의 터로
턱턱 이제 커다란 물방울들이 천연덕스럽게
씻긴 이파리 위로 가끔씩 떨어져 내리자
기다렸다는 듯 푸른 하늘이
이 모든 풍경을 바라보기 위해 눈을 떴다

불덩이 같은 햇볕과
얼음 같은 숲의 그림자가
지면에 쏟아졌고,
물방울 하나하나에서 흘러나오는
향기로운 종소리를 들으며
묵은 침묵은 천천히 몸을 일으켜 세웠다

새벽, 봄을 위한 여백

겨울이 지나고
봄이 바로 오지 않듯,
아니 겨울과 봄이 만나
춤을 추는 시간마저
모두의 교집합

슬픔이 지나고
기쁨이 바로 오지 않듯,
아니 그 아무렇지도 않은
고요마저 기쁨이므로

기도하고 묵상하고
그 남는 시간도
시간 스스로의 기도이며 묵상일지도

푸른 새벽빛
우유 배달 오토바이 소리에
다람쥐 꼬리는 살랑살랑
담채화를 그리다

나무는 제 이름으로 산다

나무는 온몸으로
제 이름을 부른다
바람이 불거나 비가 올 때
나무들의 숲에서 들려오는
푸른 부딪힘,
햇살이 쏟아지는 한낮이나
노을이 물들고 성근 별이 걸리는
그 아름다운 하늘의 시간에도
나무들은 아무 말 없이 지상에 서서
그저 온몸으로 제 이름으로 산다
저의 잎새로,
꽃으로,
열매로
혹은 저의 껍질로,
몸짓으로
제 이름을 짓는다
제 이름을 부른다
제 이름으로 산다

잎새

잎새는
한 여인이란다

애소愛素,
사랑의 가장 작은 단위
그것들의 행렬,
그 줄기,
운명길

길다란 실을 자아
약속을 옷 짓는
직녀織女란다

잎새는
그런 여인이란다

다시 무량수전 앞에서

눈 내린 날,
무심히 부석사에 가서
지는 노을에 눈물을 물들이며
그 사람을 온 마음으로
사랑했던 기억들을 살며시 꺼내 보네

무량하구나
나의 너여, 너의 나여
그리움이여, 사랑이여

산 대나무길에서 부딪히는
성근 눈발 속에서,
찬바람 속에서,
행인 속에서
스물네 개의 기둥과 절기 속에서
그 세월 속에서
들려하지 않아도 여여한
너라는 화두

별을 보며 영원을 말하듯

사랑한 시간보다
그리움의 시간이 더 깁니다
미워한 일보다
후회하는 마음이 더 깊습니다
금세 마른 꽃처럼 추억이 되는 세월에서도
안으로 향하는 사랑은 가시지 않습니다

처음 약속에서 별을 보며 영원을 말하였듯
이 그리움과 소망
영원한 노래로 부르리라 생각됩니다
마치 작은 부싯돌이
칠흑의 어둠을 씻어내듯이
사랑과 함께한 시간은 짧아도
한없는 미래에까지 그 향기를 전해갑니다
짧은 사랑이 영원으로 갑니다

아무런 대가를 기대하지 않고
아낌없이 주는 사랑 앞에서
험한 세상을 살아가는 긴장이 눈 녹듯 풀려
가장 안락함을 누렸었기 때문인지도 모르겠습니다

찬바람이 지나는 빈터처럼

허전한 건 후회 때문입니다

후회가 있다는 건

사랑에게 다 주지 못한

무언가가 있다는 증거가 될 테니까요

사람의 만남은 낯선 길과 같아

언제 끝날지 알 수가 없습니다

그래서 가까이 있는 동안

줄 수 있는 마음의 선물은

그때그때마다 모두 안겨주어야 한다고 생각 됩니다

그러한 순수한 진정이

삶의 전부를 맑고 빛나게 합니다

계절 내내 땅과 하늘로부터 받아들인

그 모든 것을 다시 땅과 하늘에게 되돌리는

꽃과 나무들을 보며

떨어진 잎이 뿌리를 지나

다시 새 이파리로 돋을 것을

우리는 믿을 수 있습니다

새봄이 되면서

임의 노래 1

너무 작아서 볼 수 없고
너무 커서 볼 수 없으며
너무 고요하여 들을 수 없고
너무 가까이 있어 안을 수 없습니다
순간에서 영원의 실을 자을 수 없다면,
네, 만날 수 없습니다

임의 노래 2

맑은 밤하늘에 가을 달처럼
분명하게 제 마음에 머무는 임이여
천년이라 하여 천년을 기다렸고
다시 천년이라 하여
천년을 그리워하였습니다
눈길 한 번 주지 않는다 해도
한 마디 말씀하시지 않는다 해도
새로운 천년의 문턱을 넘어
꽃이 피기 전의 고요함으로
임이 오시는 길로 가겠습니다
그 길은 저에게로 이르는 길이며
임은 또 다른 저이기 때문입니다

단풍나무 숲에서

내 생의 황혼녘에도
저리 고운 추억의 빛으로 물들어
세상을 아름답게 바라볼 수 있다면

우리가 사랑했던 세월을 되뇔 때
맑은 새벽 물살로 흘러가
당신 마음을 선명한 믿음으로
물들일 수 있다면

그렇게 다시금 외로움을 잊게 하면서도
당신에게 자유를 줄 수 있다면

희망 있는 시간을 사는 일의 행복
당신이 내게 희망을 주는 사람이 아닌
내게는 당신 스스로가 영원한 희망임을
참답게 깨우칠 수 있다면

망개나무는 왜 울리지 않는 종들을 만드는 걸까

식은 열정이 가련하게 녹슬어
저무는 계절의 배경에 걸려 있다
이방인이여,
계절의 문턱을 이미 넘어선
곤충들의 소리가 울린다
여러 해 망개나무의
울리지 않는 종들을 바라보며
나의 귀를 의심한다

소리의 건너편에 있는 것이
다만 침묵은 아니며
아직 목청을 가다듬고 있는 소리꾼의
지난한 뒷모습을 멀리서 바라본다
빛과 어둠의 희석에서
무릇 휴식하며 사물을 볼 수 있는
이 살아있는 새벽
망개나무의 종들이
우수수 떨어지며
단 한 번 소리에 이른다

염소치기의 골짜기

구절양장 좁은 길을
칡넝쿨이 덮고
바위 사이로 흘러온 차가운 계곡물,
차가운 안개는 검은 눈썹을
희게 만드네

울창한 낙엽송 냄새가
옷깃에 물들어 상쾌하고
어리석은 사랑과 미움은
이미 꿈처럼 사라지네

몇 개의 산 능선이 내려와
숲과 물은
굽이굽이 길을 감추네
하늘 이마에 닿을 듯 맑고
한나절 땀 닦으며
멈추지 않고 가다보면
누가 말하지 않아도
스스로 알 수 있는 곳
그곳에 닿으리

거기가 흰 수염 기른
염소치기의 골짜기라네
구름이 오고 가고
꽃이 피고 지는
자연의 흐름뿐
헛된 욕심을 다 버리게 되는 곳
거기가 흰 수염 기른
염소치기의 골짜기라네

옷장의 자장가

잠이 오지 않는
일요일 밤
내일은 월요일
출근해야 하는데
어쩌자고 잠이 오지 않는다

다시 불을 켜고 일어나
동그란 시계 소리를 듣는다
옷장의 목소리도 듣는다
"나를 버리지 않아서 고마워"

내가 옷장에게 말한다
"오랫동안 함께해 줘서 고마워
너에겐 그윽한 향기가 있어
내 손에 익어서 나는 네가 참 편해"

"왜 불을 다시 켰어?"
"잠이 오지 않아서"
"너무 걱정 하지 마
불을 끄고 누워 봐
내가 자장가 불러 줄게"

맺으며

———

누구나 한 줄기의 강물을 안고 살아갑니다.
살면서 많은 물음표들이 떠오르곤 하지요.
힘들고 외로울 때,
괴롭고 고통스러울 때
그 물음들을 내 안으로 들이지 않는다면
우리는 얼마나 더 멀리 흘러가야 할까요?

씻기는 손도 씻기듯
다른 이의 삶을 존중하고 그 마음을 헤아리다 보면,
모두를 위해 기도하다 보면
우리의 마음도 더불어 평온해집니다.
삶의 고귀한 가치들을 함께 발견하고
새롭게 세상을 바라보며
모두가 건강하고 행복한 삶을
우리는 함께 만들어 나가야 합니다.

오랜 시간 동안
격려해 주신 은사님,
믿음을 보여준 고마운 벗, 사랑하는 가족,
더없이 따뜻한 동료들, 고귀한 아이들에게
이 시집을 드립니다.

| 시인 약력 |

- 청주교대 미술교육과 대학원 졸업
- 제1회 전국산사랑시공모대전 대상(초대)
- 제3회 CJ문학상 수상, 동화 〈사랑합니다〉
- 제7회, 8회 공무원문예대전 수상
  동화 〈강물이 주는 선물〉 소설 〈도롱뇽자수〉
- 제13회 동양일보 신인문학상 당선
  소설 〈회귀율〉 동화 〈꽃들의 물감 찾기〉
- 지역 교과서 《아름다운 단양》 집필진 참여
- 시집 《내가 그냥 바라보며 그대를 사랑하기》
- 동화집 《강나현, 너 이리 좀 와 봐》

모든 산책은 너에게 가는 길
_김민영 시집

초판 1쇄 인쇄일 ㅣ 2020년 04월 20일
초판 1쇄 발행일 ㅣ 2020년 04월 30일

시 김민영
ⓒ2020, 김민영

펴낸이 ㅣ 김영애
펴낸곳 ㅣ moRan
출판등록 ㅣ 제406-2016-000056호
주 소 ㅣ 경기도 파주시 문발로 405, 204호
전 화 ㅣ 031-955-1581
팩 스 ㅣ 031-955-1582
이메일 ㅣ moran_con@naver.com

ISBN   979-11-958060-5-8   03810

* 이 도서의 국립중앙도서관 출판예정도서목록(CIP)은 서지정보유통지원시스템 홈페이지
  (http://seoji.nl.go.kr)와 국가자료종합목록 구축시스템(http://kolis-net.nl.go.kr)에서 이용하실
  수 있습니다. (CIP제어번호 : CIP2020015856)